さくら　さくらん

高橋順子

deco

目次

装幀　菊地敦己

さくら　さくらん

I

むくげの花

大風の吹いた朝
桃いろの蝶の羽が　窓ガラスにくっついている
羽をひとつなくした蝶はどうしたかしら
となりのむくげの花に宿ったかしら
羽は窓ガラスに張りついたまま干からびていった
もとのお宿はまっ青に葉がしげり
花だったものと蝶だったものは互いにぐるぐる廻って
とりかえっこしてしまう
笑い声が起こって

ブナの王さま

ブナの森の木道を踏んでゆくと
炭焼き窯の跡があって　その奥に
「あがりこ大王」というブナの王さまがいらっしゃる
木道はその周囲に円を描いて終わる
王さまは空に手をひろげ　風を呼んでいた
王さまの腕の一本は椅子のかたちに曲がっていたが
そこにはたれも坐らせなかった

王さまは王さまの内部に
あまたの精霊を飼っていた
たとえば女の蝋人形　彼女は
むかしの恋を乞うように腕をのばし

騎士の精霊は苦しい思考の瘤を盛り上げていた

ブナの森の「燭台ブナ」と
森のそばの「むかしブナ」は
いつか枝をさしかわすだろう
ささやくだろう　わたしらに
言葉は要らない　と

ブナが「橅」と書く理由は
ブナ自身がいちばんよく知っている
ぎざぎざの葉を透かして空を見るとき
ブナの大王はおのれの中に空が下りてくるのをよろこび
おのれのむなしさをよろこぶ自分がいることを
鳥海の山を越える風に伝え
風はわたしたちに伝える

見たことのない野原

濃緑と茶、黒と銀の毛糸をかぎ針にかけて
ひとはり　ひとはり
編んでいます　これ
モミの木の林に見えますか
夜、遠くの島に返ってゆく波みたいですか
銀いろの糸は　雪に見えるかしら
星に見えるかしら
いいえ　このセーターは　むすめのものではありません
わたしにむすめはいないから――
似合わないかもしれないけれど
これは　わたしに上げる
夜、12時を過ぎると

手はひとりでにうごきだして
見たこともない野原が　ひざの上にひろがってゆく
そこには　ヒヨドリが　カタツムリが　トカゲが
ヌスビトハギが　アレチノギクが　あらわれるでしょう
水面をぴんと張った沼と
番人の小屋も見えてきて
ひとはり　ひとはり
遠いあなたが帰ってくる

小さな庭から

わたしの目が喜んだこと
クチナシの花が二つ咲いたこと
彼女らの真っ白い朝は　咲いた瞬間にも
崩れはじめるのだが

うれしかったこと　去年
姫睡蓮の鉢の中に
ガマの子がしゃがんでいたこと
今年ガマの子は水風呂をするのを忘れた

あきらめていたゴーヤーに小さな実がついたこと
そのまま黄熟してしまったが

それでゴーヤーは気がすんで枯れてしまった
ゴーヤーはじきに気がすむのだね

ミョウガの子が大きくなってミョウガの花が咲いて
黄ばんだ小さな蝶が辺りにとまって

小さな庭はどんどん小さくなった

緑の家で

早乙女花　別名ヘクソカズラは
窓をつたって空へ上ろうと
ミミナグサは森になろうとしている
わたしは緑の家でちっそくする夢をみている
夢の中にとりこまれて
緑の種族になって
ぜんしんで花を咲かそうとしている
見ばえのわるい　しわしわの花だけれど
咲かねばなるまい
おわるためには

女たちは

桜のころ大川を船で行った
フランス料理がすべるように運ばれ
一人の夫人がどうかしたはずみに
赤ワインのグラスを倒した
白いテーブルクロスがじわじわ染まった
夫人はきゃーとも言わずに
「もう一杯もってきてよ」
と駆けつけたギャルソンに命じた

この川の岸辺を若いころ二人で歩いたことがある
ボラが光を集めて跳ねていた

あのころ未来は手元の小さな光の粒々の中にあった
不安て光だったのね
いま不安がなくなって　光も消えた
だって不安につながることはもう
みんな起きてしまった

両岸に桜がライトアップされている
「まだ若いじゃないの」
なんて遠くの桜に言っている
「わたしたちのほうが年上よね」
「もう一杯」
年齢とグラスを重ねて
暗い船の中　女たちは

「あ」

父は中国大陸に戦争に行った
壕の中で隣にいた兵士が敵の銃弾を受けて即死したという
クリークの汚い水を飲んで死んだ兵士もいたという
父は村人と仲よくなり　生きた鶏をもらったという
家からの慰問袋には砂糖が入っていたという
これらの話を父から直接聞いたことは一度もない

昭和十八年兵役を解かれ　許嫁《いいなずけ》と結婚し
私が生まれた　また兵隊にとられた
終戦のときは千葉県栗源《くりもと》の軍隊にいた
鉄兜をかかえて歩いて帰ってきた

これらの話は母から聞いた

父は四国の農家に生まれ　十一人きょうだいの次男だった
少年のころ子のない伯父夫婦にもらわれて千葉にやって来た
父のすぐ下の弟は南方の島に戦争に行き　帰って来なかった
父が四国を離れないでいたら　彼と同じ運命を辿っていただろう

父の代参として四国遍路に行ったとき　わたしは初めて叔父の
先端が角柱である戦没者の墓に詣で　それを確信した
墓の裏に「父重蔵建之」と刻字されてあった

父は四人の親を泣かせずにすんだな
入れ歯を外されていた九十八歳の父が最後に「あ」と口を開けるのを見た
「ありがとうと言いたかったのね」
と義妹が言った

人は「ありがとう」と言って（言おうとして）死ななければいけない
いつの世にも

海の光

大津波のあと　古里の町では防波堤の
盛り上げ工事が行われている
いままでは防波堤の向こうに海が見えたのだが
いまは空しか見えなくなった
海はまだあるはずだが
どんな海か見ることができない
見なくてもいいよね　この浜も
津波で人が亡くなっているのだから

海岸通りを歩いていると
マイクロバスがわたしを追い抜いていった
黒い服の人たちが乗っていた

バスの中からは海が見えるだろう
バスの中に　海の
光に反射するものがある
遺影の額のガラスだろうか

いいえあれは海を見て暮らした老人の
目の光だ
今日の海は光っているだろう
魚たちの
うろこ　まなこ　おひれ　しりびれ
を集めて　にぶく光っているだろう

一陽来復

冬至の日のこと
近隣の魔女たちが集まって輪になり
笑いヨガをしていた
男の魔女もまざっている

アー　ファッファッファ

左手を突きだし
時計と逆回りにまわる
鳩はいっせいに大屋根に戻り
シラサギはのどの奥から鯉の稚魚と
ザリガニを吐きだし

染料は飛んで
白い服の人たちがぞろぞろ歩いている
ふくれたユズが湯舟からころがり出て

アー　ファッファッファ

魔女たちは小半刻も笑いころげた

Ⅱ

つくしをつみに

運河の土手につくしをつみに行く
つくし　つくし
うつくしいつくしの足が一本見つかると
ふしぎにつぎつぎ見つかるのだ
わたしたちは古代の食欲をおぼえる

つくしはどんどんスギナになってゆく
今年の春はよい春
太古のスギナの森をくぐってゆく

靴の音が

ふとんの中で　あっち向きこっち向きしていたら
ゴム底靴の音が聞こえてきた
その音が　波のようにくりかえされる
しずかになると　小鳥が鳴きはじめる

ゆうべは眠れなかった
でもいいか　新聞紙の匂いをさせながら
まどろみのどろをはねながら行く音が聞けたから

待合室で

病院の待合室で老夫婦がいさかいをしていた
「なんであなたはあくびするとき
あーあーっていうの」
と奥さん
奥さんはあくびをするとき「あ、あー」という
奥さんはダンナさんに言われて受付に聞きに行く
「まだですって」
ダンナさんはまた「あーあー」とあくびをする
奥さんは「あ、あー」とあくびをする

或る日のおじいさん

おじいさんは話といえば水戸黄門しか知らなかった
或る日　高齢者デイケアサービスセンターで
ピーターパンを読んでもらった
永久に大人にならない少年が海賊をやっつける話である
おじいさんは海岸通りを歩きながら
水平線が寄ってくるような気がした
帰ってからおばあさんに
「ピーターパンて知ってるか」とたずねた

かたつむり

会社に勤めていたとき
会社は「早く早く」といって女をあせらせた
女は小さなかたつむりのブローチを買った
あわてなくてしくじらないように
あせ止めと　あせり止めのおまじないだった
　かたつむりの銀いろの歩みで行くべし

……………………………………

あのかたつむりは　あれからどこへ行ったかしら
町には銀の雨が降っている

くるみパン

新しいパン屋さんで　ビニール袋に入ったパンをとろうとすると
「あっ、さわらないで、こちらでとります」
しっしっと手をはらわれた
「くるみパンください」
「右のですか、左のですか」
「左のです」
朝食のとき　くるみパンをつまむと　つまんだかたちにへこんだ
「さわらないで」ってこういうことだったのね
へこんだところにジャムをたっぷり入れて食べた

ゆらり鯉

神社の池の鯉に餌をやりに行くのが日課になった
麩をちぎって放ると
意外に大きな口をあける
まるい　くらい生《せい》のかたちだ
いきおいあまって　鯉と鯉同士
せっぷんしてしまうこともある
「あら　ちがった」とばかり　ぱっと離れる
水にゆらり緋色を流して

目の習慣

朝の散歩の道を曲がると
正面に大屋根の勾配が見える
あんなふうにゆるやかに
下りていけばいいのだと
落ち目になった自分をなだめながら歩く

と　今日は目の習慣に逆らうものがある
何かうれしいことがあったんだ
うれしいことを思い出さなければ

悪い椅子

あさって歯医者さんに行く
あの電動椅子は　口を開けなくてもいいのなら
そんなに悪い椅子ではない
背もたれが　お疲れさまというように倒れ
かたわらのコップに自動的に水が満たされる
天井画はドラえもんである
彼の歯はいったいどうなっているのか
なんて考えながら口を開ける
すると悪い椅子になる

ことばのなる木

歯が一本抜けてしまったら
「き」という音が出にくくなって
「ちきゅう」が「ちちゅう」に
「つき」が「つち」になってしまう
これは困った
歯医者さんに行って　口の中の
ことばのなる木に接ぎ木してもらった
金曜日
もう平気

JRC
1700円＋税

注文カード

㊞棚 詩集

部数　冊

デコ

さくら　さくらん

高橋順子　著

㊞扱 JRC 人文・社会科学書流通センター
TEL03-5283-2230 FAX03-3294-2177

本体1700円＋税

デコ
電話 03-6273-7782
ファクス 03-6273-7837

9784906905195

ISBN978-4-906905-19-5
C0092 ¥1700E

デコ

高橋順子 著

さくら さくらん

本体1700円+

摘要

ISBN978-4-906905-19-5
C0092 ¥1700E

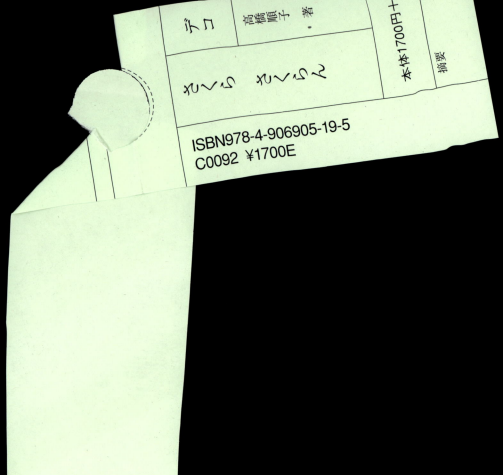

涙の上の舟

「コンタクトレンズは　つまり
涙の上の舟なんです
ロマンチックな言い方をすれば、ですね」
と老眼科医はおばさんに言った
ドライ・アイ（涙液分泌不全）のおばさんの目に
舟を浮かべる地球の目が広がった
地球の涙の中を泳ぐ銀のおいしいサンマたち
を帰りに買って帰ろう

道

さみしいのは　両側にブロック塀のある道
アスファルトの道路のひび割れから
カヤツリ草が生えてくる
もっとさみしいのは
病室の窓から見る道
（あの道路　歩いてきてくれないかなあ）
楽しいのは　曲がりくねった細道
またあとで出会う巻き道
ブナの木があったら　もっと楽しい

大名時計

大名時計博物館は東京谷中の坂の上にあって
七月一日から九月三十日まで休館である
時計だってお休みしなければ
とくに大名時計はお年だから
暑いときにはひるねする必要がある
門前のススキの穂がゆれるころ
目覚めた大名時計は居ずまいを正し
私心がなかったかどうか
しばし考えをめぐらす

鳥の名前

アパートの二階の窓にパソコンとカメラを据えつけて
鳥を見ている人に　わたしは下から声をかける
「あれセキレイですか」
「いえ　ジュウシマツです」
ルリオナガもモモイロインコも教えてくれた

このごろ窓は閉められたまま
秋も深まってきた
彼は鳥のことを教えてくれたのに
彼のことを教えてくれる鳥はいない

お元気で

ラジオ体操が終わると
体操服のおばあさんたちは　杖二本の
スキー・スタイルで坂を下りはじめる
おじいさんはちょっとはよろけるが　杖はつかわない
向こうから来る若いおばあさんと
「元気でな」と言いながら　両手で握手するのだ
ギンナンの実が　ばらばらと降りかかる
おじいさんのつつましく　つつがない一日は
こうしてめぐり始める

カラスの仕事

カラスが牛乳パックと格闘していた
こいつ　こいつ
カラスは箱を足でおさえ　くちばしでつつく
箱はすぐにすべる　うまくいかないなあ　コツ　コツ
しかしあきらめない　こいつ　こいつ

あきらめたカラスの顔を見てやろうとしたわたしが
ついにあきらめて立ち去る
カラスに背中を見られながら

雪だるま

小さな人たちの手袋から
雪だるまは大きく出現する
バケツの帽子をかぶり　小枝の腕を上げて
二日目になると道々の雪だるまは興奮からさめて
腕は上がりきらず　帽子はあみだになってしまう
けれども氷の胸には
赤いさざんかを抱いていている
三日目になって　花はいよいよ誇りかに

海峡ホテル

海峡ホテルの窓からは
小さな青いはね橋が見える
桟橋に船が三そうもやっている
貨物船が一そうお尻をふって外洋へ出て行った
ここにいると　気持ちが左右の海へ出ていくの
海峡ホテルの窓から
外の雨を見ていたい
雨　やまないほうがいい雨
雷　落ちたほうがいい雷　そおっとね

不幸なお尻

お遍路に行ってたくさん歩いたせいで
お尻が小さくなってしまった
歩きやすい体になったのか
椅子に座ると
しっかりした感じがなくなって　寒い
さてはわたしの幸福感はお尻にあったのか
不幸なお尻よ　と嘆かずに
また歩こう
こんどは足の裏に幸福をつくる

未知のわたし

自分のいるところが
自分からいちばん近いところだけれど
いちばん遠いところでもあるというのは事実である
地球一周航海でわたしは実感した
西へ西へと進んだ果てにわたしは元の港に帰り着いた
わたしもわたしからいちばん近いヒトであると同時に
いちばん遠いヒトなのではあるまいか
未知のわたしがいるから
まだ生きてゆける

雲をひろって

いっぽんの木に出会う
ひとすじの川に出会う
いっぴきの猫に
ひともとの花に
いっそうの舟に
ひとりの人に
出会い　別れる
いっこのわたし　ひとつのわたし　ひときれのわたし　いちまいのわたしは
きのうのことを忘れてしまう
あしたのことも気にしない
風が上手にわたしをつかまえてくれるだろう

けれどもそうして
ひとりがおおぜいに
1ぽんが10ぽんになって
いろんなものが見えてきて
おさいふがかるくなるころ
わたしはわたしを呼び集めて
ひとりのわたしになる
雲をひろって
髪を梳いて
おうちに帰ろう

Ⅲ

あの人

あの人はここにいるのだけれど
あの人と同じ顔かたちをしているのだけれど
のうこうそくをわずらってから
あの人はいなくなったみたい
いままで楽しかったね
もう楽しめない
という悲しみは
大したことではないのです
楽しんだことのない人も
楽しかったね　と
言えない人もいるのだから
悲しみをみせびらかすことはしまい

南米チリで採れた青いぶどうの粒が光っている
あの悲しみを忘れた人とこれを食べよう
チリに行ったことがあったね　船で
ぶどう畑のわきの
ユーカリの木を見たことがあったね
雑貨屋で緑いろのカバーをつけた水筒を買ったね
二階の押し入れの中に
それはしまわれている

きのうあの人の母親が亡くなった
あの人は母親の死に　ずっとおびえていた
死んでしまったら　もうおびえていない
あの人　行かないと言っていたのに
あの人とわたしは黒い服を着て出かけるだろう

あの人の古里へ
あなごずしを買って行くだろう
いなくなったあの人といっしょに
わたしは

はやく、はやく

朝　前の家で若い母親が子どもたちに
「はやくぅ、はやくぅ」
と叫んでいた
あれから一足飛びに夕方になって
子ども用の自転車も大人になって
男の子は遠くの大学に行っている
女の子は若い母親になって
遠くの家で　やっぱり
「はやくぅ、はやくぅ」
と叫んでいるらしい
　はやく子どもたち大人になってほしいの？
流れ星が曲がりながら訊いてくる

ハリー　ハリー

後ろの家の老人は日がな一日
「は、や、く、は、や、く」
とつぶやいている
はやく洗濯機が鳴りやむように
はやくお客が帰るように
はやく連れ合いが出かけるように
はやく今日が終わるように

火にかけるがはやいか
魚は生焼けを　肉はレアを食べる
ビールも牛乳も一気飲み
散歩ははやく済ませ

お風呂も水風呂に入るんだって
「はやく、はやくって言ったって
はやく死ねないよ」
老女が角を生やしたので　老人は
「ゆっくり、ゆっくり」
と言うようになった
でも「はやく、はやく」と聞こえるよ
草むらの中で鳴く虫と
同じことば

　　ハリー　ハリー　リー

虫の触角がなめらかに曲がって

雨のち曇り

薬をもらいに男は精神病院に行った
強迫神経症は
ほぼ治った　と先生に言われたそうだ
十三年かかって　いつの間にかほぼ治っている
神経症ってそんな治りかたをするんだ
だから親や友人知人に
「ほぼ治りました」
と改めて告げることもない
みんな忘れているだろう
男が発病したことも
いまでも男はアロエの刺の毒素を浴び
帰宅するとズボンの裾と尻を拭かないわけにはいかない

あいかわらず決めたとおりにものごとが運ばれないといやだ
でも朝七時かっきりに
「ワン、ワン」と吠えて女を起こさなくなった
「あなた、おばあさんになったから」
と毒の舌は毒素の舌である
アロエ以外の動植物がまったく目に入らなかったのが
女の顔のしわや顎のたるみが目に入ってきた
「顎の下に、たれだんごがくっついている」と言う
男はそんなふうな治りかたをしてきたのだ
女が年を取ったから治ったのだろうか
昨日から煮込んでいた棒鱈を肴に
ビールで乾杯をした　おめでとう
薬が睡眠薬と便秘薬だけになった
長い夜がいつの間にか白んでいた
夜だったから　なにも見えなかったが

白んだところに
ずっと立っているのは誰だろう

愚かなうた

1

いま歯医者さんで歯に薬をつけてもらっています
くうちゃん
いま錆びた自転車に乗っています
くうちゃん
小雨。濁世《じょくせ》の雨だよ。もうじき家に着くからね
くうちゃん
もう一軒パン屋さんに寄って。待っていてね
くうちゃん
きょう姫路からあなたの妹たちが来てくれます

胡蝶蘭の花が落ちて
枯れないで　ちり紙みたいになっています
かさなりあって　もうひとつの花みたいに
くうちゃん　三十五日経った

*くうちゃん＝夫・車谷長吉。作家。二〇一五年五月一七日、誤嚥による窒息のため逝去。六九歳。

2

朝の散歩のときハイタッチしていたおじいさんが親指立てて
「このごろ見かけないね」と言うので
「しにました」と答えると
おじいさんはややあって帽子をとり
「よろしく」と言った

3

路地のあばら家の真夏は暑い
涼しそうな顔の遺影に
「暑い！」と言ったら
「ざまァ見ろ」と返ってきた
「同情をほしがる順子さん」
とまだうたっている
同情をしてくれなかった　くうちゃん
さきに逝ってしまった
みんなが「順子さんが後でよかった」と言っている
わたしも遺影に「よかったね」とくり返している
雨の日には
「もっとお香　炷《た》いて」
と濁《だ》み声が聞こえる

4

土ふまずのない足で
ドンドンドンドン　昼夜を問わず
二階の書斎から下りてくる足音が聞こえる
足音が近づいて止まる
わたしの書斎をのぞいて
冷蔵庫を開けて
そんなこと　半年か一年つづいたかな
「くうちゃん、足音を消して」って頼んだら
ほんとに消してしまった
しんだら土ふまずができたのだね
忘れた足音が雷さまになって
ドンドンドン　空から下りてくるのだね

5

ずいぶん傷つけられたけど
そのたびに修復しようとしたよね
刺繍のブラウスを買ってくれたり
お鮨屋さんに連れていってくれたり
わたしが相手のときは　それを
楽しんでいたところもあったかな

逆にあなたが傷つけられたこともあって
直ちに　あるいは何十年か置いて　復讐した
復讐の修復には刺繍のブラウスなんかではすまないよ
自分の死が　はじめて
彼らを癒すだろうと語っていた
でも自ら死ななかった

堪えてくれた
それをわたしは感謝しています

6

くうちゃん
やっと急がなくてよくなったね
指定券をとっているのに　わたしをせかせて
一時間も前に駅に着いていたね
一時間分とられてしまったとわたしは嘆いていたが
何もしないで二人でいる時間が与えられていたのだね
あの一時間はわたしには片づけ物に当てるべき時間だったから
またいつか割りふればいい時間だった　割りふらなくてもいい時間だった
一時間前に着いて　電車の到着を待っていた　あなた

そんなふうに来るべきものを待っていた　あなた

7

（さくらんぼをおそなえした）

さくら
さくらん
さくらんぼ

わたしはぼんくらで
さくらんした
さくらんぼした
どっちだっけ

さくらんした
さくらんぼ
さらまでくらいなさい
さくっ

8

赤いろうそくの炎が高く大きくなって
遺影のあなたを照らすと
あなたの頬に血の気がさしてくる
「なにもし残したことはなかったでしょ　くうちゃん」
お経を上げると　風もないのに
火は高く低くゆらいで
あなたのほほえみをゆらす

「よかったね　くうちゃん
わたし　これから　豊川に行ってきます」
豊川は一度だけあなたと行って
大橋屋という古い旅館に泊まって
松並木を歩いた

赤いろうそくの炎はもえすぎるので
不安になる
もう不安にならなくてもいいのに

9

どうもわたしの死者にまもられている気がしない
「この世では車谷さんは順子さんにあれだけ甘えていたのだから

順子さんをおまもりするのは当然　と私は思っています」
とお手紙をくださった人がいる
遺影の前に「よく読んでよね」とお手紙を置いた
「はい分かりました」
と言ったようだった
「よおく分かりました」
と付け加えたようだった
この人は遠方から友人が来てお線香を上げると
「また来いよ」
と言うそうだ
しんでから愛想がよくなったみたいだ

小さな木の椅子を買ってきた
壁の下　あなたが居たところに置いてみる
すると誰かが座りにきた気配
身づくろいをしているみたいだから
あなたではない
あなたは犬ほどにもかまわない人だったから
おや　身づくろいから羽づくろいに移った
羽の根元をしきりにつついている
するとやっぱりあなたかな
昆虫の羽をはやして
ひげをはやして
「おかえりなさい　どこ行ってたのよ」
声をかけてみる
すると気配は消えてしまう

11

亡くなった夫が恋しいというような詩は
書くまいと思っていた
と書くと　不機嫌な唸り声が聞こえる
「恋しい　恋しい」
なんてわたしには書けないよ　恥ずかしいよ
そう言うと　さあっと身の周りが涼しくなる
そのへんに　もやっていた
くうちゃんが離れるからだ　離れていく先は
わたしの東北の女友達のところみたい
「あら、車谷さん」
と言ってほしいのだ
先日も時ならぬときに鐘が鳴ったそうだ
くうちゃん

詩が終わらないよ
どうしてくれるの?
「知らないよ!」

・12

くうちゃん
の語源は悪たれちゃんである
「くうちゃん(私のこと)」なんて
あなたはエッセイに書いていた
気に入っていたのかなあ
平仮名のくうちゃんから漢字の空《くう》ちゃんへ
このごろびみょうに変わりつつある
あなたが色即是空になったからだろう

「空ちゃん　うまく死ねてよかったね」
「うむ　ぼくちゃんのやることに間違いはない」
いまでもへんな人

甘いものが大好きだったが
人の傷口に塩を塗るのも好きだった
笑いながら
天の塩を

13

銀杏の葉の黄色い網目がひろがっている
間もなく枝の網目になるだろう
ここへ来て空を仰ぎ

くうちゃん、とつぶやく
天気のいい日には大きな笑っている顔がひろがる
あなたの弟が心臓手術をした日には　真一文字に
口をむすんでいたが

くうちゃん　あなた　地面に近いところにいるかと思ったら
空の上のほうにいるかもしれないのか
そんなことはない　くうちゃんはわたしのそばにいる
空の上なんて
そんな　あなた　死んじゃったみたいじゃないの

きょう真っ黒い鳩を見た
たどたどしく歩いている
たどたどしく　わたしも歩こう

14

きのうどくだみの花のつぼみはちょっとふくらみ
きょうはかなりふくらんでいた
「どくだみは毒を溜めるのよ
性が強いから　周りの植物を弱らせてしまう
抜いてしまわなければ」
と叔母は言うが
わたしはうちの庭いっぱいに白い花が咲くのを待っている
咲いてから摘んで干してお茶にしていただきます
どくだみは言わずと知れたあの臭気で人を寄せつけまいとするが
どくだみに毒があるとしたらその性は善良というべきではないか
どくだみに毒がないとしたらその性は邪悪というべきである
どっちも一癖あるが　どっちなんだろう

待っていたどくだみの花が咲いて
けむるように雨が降った
くうちゃんはどくだみの花が好きだった

＊

五月　どくだみの花を手折って墓参りに行った
菊の花に添えて持っていったが
電車やバスの中で匂った
でもだれも不審そうに首をめぐらさない
みな我慢していてくれたのか　あるいは
わたしにだけ匂ったのだろうか
連れ合いに言ったら喜ぶだろうな
あの人　じきに「お便所」と言って駆け込む人だったから
どくだみくらいで　じたばたするな
どくだみがうんこしたわけやないやろ

なんて言いたそうだ
どくだみを美しく
あなたの墓に挿してきましたよ
うぐいすがお経の声に唱和してくれた

15

固い土に小さな穴が四つ
木の幹には飴色の脱け殻
方寸の地面を天地に引きのばし　空をひろげて
蟬が鳴いている
くうちゃん　蟬しぐれだよ
くうちゃん　あなたも蟬しぐれになっているかしら
一生懸命な音

あなたらしい音
世界の一生懸命さに交じれたのね　よかったね
今日は遠くから聞こえてくる音信がある
わたしは啞蟬だからそれを聞き取ることが出来る

16

障子を張り替えたら
まっさらな空間になった
くうちゃんの煙草の煤に染まった温かさがなくなった
わたしだけが残って

ひびが入った窓ガラスも替えた
ひびが入ったまま　もちこたえていたガラスだった

わたしたちだった
ひびのところに緑色のテープが張られていた
それを硝子屋が運びだした
くうちゃんは緑色が好きだった

17

くうちゃんが草の上に坐って
わたしを待っていてくれたことがあった
お遍路で巡ったお四国の草の上
捻挫したわたしが辿りつくと
かたわらの草を叩く
わたしは叩かれた草の上に坐る
くうちゃんが　そんなふうに

わたしを十年、二十年待っていてくれると――
あれらの雲を叩いて　へこまして待っていてくれると――
くうちゃん　わたしにかすかな希望が萌えでている

遍路笠をかぶって

あなたが「七十歳になったら
も一度お遍路に行きたい」と言っていたので
生きていたら七十歳になった春
わたしは一人で四国へと杖をついた

十七番札所は井戸寺である
寺の井戸を覗き込んで　水に顔がうつらなかったら
三年以内になにかよくないことが起こるという
顔をうつしてみると
底のほうに遍路笠をかぶった女の顔

笠から雨水がひとしずく垂れ　わたしの顔を消した

あなたなのね　こんないたずらをするのは
これがあなたがついてきてくれたしるしと思ったから
顔が消えても　わたしは怖くなかったけれど

鈴が鳴っている

リュックの中には遺影と
鈴が入っている
お杖は鈴の紐を切って柩《ひつぎ》に納めた
お遍路に出て四日目にあなたはわたしと
歩きに来た　わたしの杖が
あなたのリズムで地面を叩き始めた
そんなに息せききってわき目もふらず
生きた人　（わたしのことは
とろい女だと思っていただろうな）
あなたの鈴が鳴っている
お四国の空と土に共鳴したのだね
枯れた川の上の潜水橋を

五位鷺《さぎ》の影がうつる堤沿いを
あなたと歩いた　歩いている
いま歩いている
鈴が鳴っている

踊り子草が回っている
鈴が回っている
その中を
歩いてゆく
あなたと
世界と

あとがき

単行詩集としてはこれが十三冊目となります。

初出紙誌は第Ⅰ章が「森羅」「櫻尺」「花椿」「葡萄」「山梨日日新聞」「歴程」「短歌往来」「抒情文芸」、第Ⅱ章はデコ編集制作による健康情報誌「からころ」連載の中から選びました。最後の詩は「日経回廊」。第Ⅲ章は「江古田文学」「ユリイカ」「現代詩手帖」「文藝春秋」「読売新聞」です。各編集者の方々にお礼申し上げます。


じつは四年半前に連れ合いの作家・車谷長吉を亡くしました。六十九歳でした。この人は関西で言う「甘えた」ではありましたが、文学については厳しい人でした。この詩集も「なんだ、この程度か」と憫笑する声が聞こえます。仕方がありません。これが私のいまの精一杯の力です。

この人のことを私は「くうちゃん」と呼んでおりました。街中で私がまるで孫を呼ぶように「くうちゃーん」と大声を出しましたら、不精ひげの初老の男が当然のように振り向いたこともありました。

十年前にデコから第十詩集『あさって歯医者さんに行こう』を上梓したのですが、その折りデコ編集部に所属していた齋藤（現姓神武）春菜さんと、装幀をしてくださった菊地敦己さんが「十年後にまた詩集をつくりましょう」と口約束でしたけれど、言ってくださったのです。それがほんとうに実現することになったとは、なんとうれしいことでしょう。困難な出版をお引き受けくださったデコの社主・高橋団吉氏にお礼申し上げます。

二〇一九年八月二十八日　高橋順子

高橋順子（たかはし　じゅんこ）

詩人。一九四四年千葉県生まれ。東京大学仏文卒。出版社に勤務しながら第一詩集『海まで』を刊行。一九九三年に作家の車谷長吉と結婚。著書に詩集『時の雨』（読売文学賞）、『お遍路』、『あさって歯医者さんに行こう』、『海へ』（藤村記念歴程賞、三好達治賞）、エッセイ集『連句のたのしみ』『一茶の連句』『うたはめぐる』『水のなまえ』『星のなまえ』『夫・車谷長吉』（講談社エッセイ賞）、佐藤秀明写真による『雨の名前』『風の名前』『花の名前』『月の名前』『恋の名前』、小説集『緑の石と猫』『海へびのぬけがら』など。

さくら　さくらん

2019年11月4日　初版第1刷発行

著者　高橋順子
発行者　髙橋団吉

発行所　株式会社デコ
〒101-0051　千代田区神田神保町1-64　神保町協和ビル2階
電話　03-6273-7781（編集）／03-6273-7782（販売）
http://www.deco-net.com/
印刷所　新日本印刷株式会社

編集　神武春菜
制作　大塚真（デコ）

ISBN978-4-906905-19-5 C0092